GERVAIS JASTRAM (d'Haïti)

Juvenilia

PARIS
JOUVE & Cie, ÉDITEURS
15, RUE RACINE, 15

1928

Juvenilia

IL A ÉTÉ TIRÉ DE CET OUVRAGE :

Quatre exemplaires sur japon impérial numérotés de 1 à 4

Gervais JASTRAM (d'Haïti)

Juvenilia

PARIS
JOUVE & Cie, ÉDITEURS
15, RUE RACINE, 15

1928

Juvenilia

VOIX DANS LE SOIR

A mon ami Marc Desgraves.

Une voix m a parlé de courage, ce soir.
Est-ce une voix de femme ou bien celle d'un ange ?
Je ne sais... cependant c'est tout à fait étrange
Car depuis de longs jours j'ai dans l'âme du noir.

J'ai discerné pourtant ces mots : Amour, Espoir !
Quelle est ta mission, voix douce et consolante ?
Serais-tu donc enfin celle de mon amante,
Mon amante au front pur, que je ne peux revoir ?

Pourquoi me parles-tu d'amour et d'espérance,
Lorsque mon jeune cœur est—plein de sa souffrance—
Fatigué chaque jour d'être plus torturé !...

Oh non ! ne parle plus de cloches et de joie
A ma pauvre âme qui sous la tristesse ploie...
Oh ! tais-toi désormais et laisse-moi pleurer.

Juillet 1917.

HOMMAGE

Au poète Thoby Vieux.

Poète aux chants virils que les neuf sœurs inspirent
Vous avez captivé mon âme et mon esprit ;
Je veux entendre encor, de votre douce lyre,
Les sons mélodieux dont mon cœur est épris.

Aux filets de votre Art je me sens déjà pris ;
Vos vers ont un aimant précieux qui m'attire,
Ils me font oublier tous ces farouches cris
Que lancent quelquefois les foules en délire.

Poète, un jour, l'Histoire évoquant le passé
— Ce passé glorieux qu'illustrèrent nos pères —
Parmi les immortels héros doit vous classer !

Les générations de votre talent, fières,
Aimeront votre nom, car vous aurez laissé
Un exemple sublime aux futurs congénères !

PATRIE QUAND MÊME

Dédiée à Paul Savain.

Les fils dénaturés, O ma pauvre Patrie,
De leurs fatales mains ont préparé ta Croix ;
Et les vils imposteurs impassibles et froids
Se sont tous réjouis de cette félonie.

Or, depuis que cette œuvre, hélas ! est accomplie,
Nous, tes dignes enfants qui défendons tes droits,
Nous sentons, chaque jour, s'augmenter nos effrois
En assistant, ô Mère, à ta lente agonie.

Mais tu ne mourras pas, tu ne dois pas mourir ;
Nous sommes près de toi pour panser tes blessures,
Et si grandes que soient les nouvelles tortures,

Nous avons fait serment de vaincre ou de périr ;
Oui, Mère, nous jurons de te sauver quand même,
En lançant aux bourreaux un dernier anathème !...

9 mai 1926.

STOICISME

A mon ami André Cauvin.

Dans les annales de ma vie
Parmi les jours de vrai bonheur,
Il est des heures d'agonie
Où j'ai connu bien des douleurs.

Il fut des jours d'angoisse amère
Où mon jeune cœur mutilé,
Envahi par mille chimères,
Quelquefois s'était désolé.

De ces jours de désespérance
Je garde un profond souvenir,
Si grandes furent mes souffrances
Que rien n'a pu les amoindrir.

Pourtant j'ai vidé ces calices
Sans jamais pousser un soupir,
Espérant qu' après les supplices
Les jours meilleurs pouvaient venir.

Me courbant — plein de confiance —
Je n'ai jamais maudit le Sort ;
Redoublant d'ardeur, de constance,
J'ai bravé fièrement la mort.

Dans les sources d'une foi pure,
Puisant un courage nouveau,
J'ai pansé toutes mes blessures
En retenant tous mes sanglots.

Jamais je n'eus horreur du gouffre ;
En le voyant s'ouvrir parfois,
J'ai dit : Il faut que l'homme souffre,
Il faut que Dieu sonde sa foi.

J'ai dit : Il faut que les pleurs coulent
Et que l'âme apprenne à gémir ;
Il faut que les rêves s'écroulent
Quand ils ne peuvent s'accomplir.

Dans un voile d'indifférence
Enveloppant mon jeune cœur
J'ai su lutter avec vaillance
Et j'ai vaincu toute douleur.

Le cœur est un vase où se mêlent
Tourments, peines, joie et plaisir
Les mouvements se renouvellent
Pour le vider et le remplir.

Alternativement tout passe,
Lorsque des nuages s'en vont,
D'autres nuages les remplacent
Mais ne changent pas l'horizon.

Aux belles fleurs qui se flétrissent
Succèdent de nouvelles fleurs ;
Il faut que cela s'accomplisse
Souvent les pleurs suivent les pleurs.

Les profonds chagrins seuls demeurent ;
Ils doivent nous accompagner
Jusque dans l'obscure demeure
Où nous devons, un jour, entrer ! ! !

15 avril 192...

DANS LA VALLÉE

A mon ancien professeur
Catulle Voyard.
Témoignage de profonde gratitude

Lorsque le soir descend et que dans les allées
Le vent violent tord les grands arbres rêveurs,
J'interroge souvent mon âme désolée
Pour lui faire oublier toutes ses vagues peurs.

Quand tout dort sous les cieux et que dans le parterre
La Lune aux purs rayons diamante les fleurs,
J'aime à me promener dans ma cour, — solitaire —
Afin de soulager mes immenses douleurs.

Lys, jasmins odorants, violettes et roses
Tout semble parler à mon cœur
Et lui dire tout bas des choses
Qui le font frissonner d'un étrange bonheur.

Je respire à longs traits tout l'enivrant arome
Que m'apporte la brise en passant sur ces fleurs ;
Et lorsqu'en me frôlant, cette brise m'embaume,
Je sens un flot d'espoir qui monte de mon cœur.

Je contemple — ravi — cette magnificence :
Puis, saintement,
Je m'écrie, éperdu : « Gloire à Toi, Providence !
Qu'il est splendide et beau ton vaste firmament !

Poète, si ton âme est quelquefois troublée,
Si ta lyre souvent n'a que de tristes chants,
Pour apaiser ton mal, descends dans la vallée,
Ou va te reposer près des fleurs, dans les champs.

Lorsque le soir descend et que dans les allées
Le vent violent tord les grands arbres rêveurs,
J'interroge souvent mon âme désolée
Pour lui faire oublier toutes ses vagues peurs.

Juin 1918.

JOIE INTIME

A mon bon ami Thr. Désir.

La Reine de la Nuit, majestueusement,
Glissait, se promenait dans le bleu firmament :
Triste rêveur, j'errais encor par la campagne
Espérant y trouver ma Muse, ma compagne.

Il fait bon dans le bois ! Splendide est la nature !
Quel ravissant spectacle ! Indicible moment !
Les refrains des oiseaux, là-bas, sous la ramure,
Résonnent en mon cœur, silencieusement.

L'Angélus sonne au loin. Oh mystérieux soir !
Apportes-tu pour moi le consolant espoir,
Délicieuse fleur dont le parfum m'embaume,
Répands sur ma blessure un salutaire baume.

Frère, tu sais combien il est doux de rêver,
Assis tranquillement dans la sombre vallée ;
D'admirer la beauté de la voûte étoilée
Quand par l'odeur des fleurs tout l'être est captivé !

Je goûte un vrai plaisir dans ce paisible lieu.
J'y trouve, pour mes maux, un précieux dictame.
Je caresse la fleur, tantôt je pense à Dieu...
Or, voici que soudain je m'adresse à mon âme :

Mon âme, élève-toi, vers le grand, le sublime,
Monte vers l'idéal, sois forte et magnanime !
Plane toujours, malgré le redoutable vent
Des vaines passions... Monte, va de l'avant !

Sois honnête, sois fière et méprise la houle
Après elle traînant et la fange et l'horreur ;
Contemple de la mer l'ample vague qui roule,
Par elle, apprends comment on porte sa douleur.

Mon âme, élève-toi. Courageusement lutte,
Et si, dans le combat, tu tombes quelquefois,
Sache te relever plus fière après la chute
Et conserve toujours l'espérance et la foi.

26 février 1918.

CE QUE DIT LE POETE

A mon grand ami Couthon Alexis.

Lorsque le gai zéphyr passe dans un parterre
Et froisse par mégarde une rose trémière,
Que dit la frèle fleur en voyant cet affront ?
Elle dit au zéphyr : « Pourquoi courber mon front,
Pourquoi flétrir ainsi ma corolle si fière ?

Quand sur la mer, la nuit, la tempête extravague,
Quand semant la terreur, elle fait fuir les vagues,
Les nautonniers tremblant devant tous ces dégats

Demandent, consternés : « Pourquoi tant de fracas ?
Les flots tumultueux murmurent des mots vagues
Et semblent tous répondre aux marins qui divaguent :
« Soyez plus courageux et ne vous troublez pas ».

Or, le poète ému, voyant toutes ces choses,
Considérant les flots, les arbres et les roses,
Interroge à son tour les étoiles, les cieux
Et murmure tout bas : Mystère ! et bénit Dieu.

Décembre 1918.

PRIERE

(PREMIER SONNET D'AMOUR)

Pour Elie.

Enfant, si ce sonnet pouvait enfin vous plaire,
S'il pouvait, simplement, attendrir votre cœur !
Car il vous dit combien poignante est ma douleur
Et clame mon besoin d'un baume salutaire.

Oh ! laissez-moi chanter vos yeux pleins de mystère
Pour qu'en ma sombre nuit je chemine sans peur,
Que mon âme en votre âme enfin trouve une sœur
Qui lui soit toujours tendre et doucement sincère.

Je sais que vous pouvez, rien qu'avec un seul mot,
Adoucir mes chagrins et soulager mes maux ;
Pitié ! Guérissez-moi de toute ma blessure.

A tout oiseau blessé l'onde, sous le gazon,
Prodigue sa fraîcheur, son calme et son murmure.
De vous seule, ô ma sœur, j'attends la guérison.

Je voudrais une amie aux yeux couleur de songe !

L. Henry DURAND

VAIN BONHEUR

Dédiée à Apollon Lafontant.

Je voudrais une amante aux beaux yeux « tamarin »,
Ensorceleurs, rêveurs, au regard clair, câlin.
Elle m'enlacerait aux heures de tristesse
En me parlant d'effort, de bonté, de caresse !

Lorsque mon cœur serait inquiet et chagrin
Elle l'apaiserait par son charme divin ;
Et, le plongeant alors dans une douce ivresse,
Lui ferait oublier sa peine et sa détresse.

Car les mots qu'elle me dirait seraient rythmés
Par de tendres baisers... mon âme et sa chère âme
Se confondraient ainsi dans une même flamme !

Mais je reste seul, las, désillusionné...
Et vainement je pense à ce bonheur encore
Parce qu'elle me fuit, la fille que j'adore !

1918.

HEUREUSE COINCIDENCE

Dédiée à Couthon Alexis.

Tandis que le zéphir sifflait dans le feuillage,
Un oiselet chantait dans un riant bocage ;
Plus loin, dans la prairie, un paisible ruisseau
Mêlait son doux murmure aux refrains de l'oiseau !

Mélodieux accords ! Divine symphonie !
Couché sur le gazon, sous les verts bananiers,
Emu, je comparais cette douce harmonie
Aux chants sublimes des célestes messagers.

Et je disais : O Dieu ! si ce concert étrange
Et tendre est comparable à celui de tes anges,
Dans ton beau paradis, Seigneur, réserve-moi
Un coin où je pourrai, le cœur pur, sans émoi,
Entendre pour toujours les chants béatifiques
De tes anges joyeux dans les cieux magnifiques.

1918.

A KENSCOFF

Pour mon bon ami Louis Jérôme.

Il fait bon ce matin ! Au fond ae la ravine
Sur une pierre assis, je prie et bénis Dieu...
Un oiselet entonne une chanson divine :
C'est un hymne d'amour qui rend mon cœur joyeux.

Je sens que peu à peu ma douleur diminue ;
Et tandis que le vent fait craquer tout le bois,
Je rêve d'une enfant tendre, bonne, ingénue
Qui pourrait me parler d'amour comme autrefois.

Car tout, en ce moment, au bonheur me convie.
C'est l'heure de former les rêves les plus fous,
De se dire tout bas les mots très chers, très doux
Les mots qui font frémir et font aimer la vie.

Ah ! c'est l'instant divin et c'est la douce paix !
Le suprême bonheur éprouvé d'être ensemble,
De comprendre le cœur qui soupire et qui tremble
Lorsqu'on fait le serment de s'unir à jamais !...

1925.

ALLONS SOUS LE MANGUIER

Dédiée à Georges Bretoux.

Allons sous le manguier, là-bas, petite brune ;
Allons rêver un peu dans le bleu clair de lune.
Vois ! la nature est calme et l'air est parfumé,
Tout convie à la joie et tout nous dit d'aimer.

Ecoute les oiseaux chanter dans le feuillage.
Quel étrange concert ! Comprends-tu leur langage
Tendre et mystérieux ? C'est la chanson de Mai
Car les fleurs sont en fête et nous disent d'aimer !

Etendons-nous sur l'herbe, ô ma gentille brune !
Car l'instant est exquis et l'heure est opportune ;
L'essence de ces fleurs qui vient nous embaumer,
La brise, le ruisseau, tout commande d'aimer !

Regarde les grands pins, comme leur front se dresse !
Le rossignol les charme et le vent les caresse ;
Dans ce site riant tout s'unit pour charmer,
Même l'écho des bois semble dire d'aimer !

Petite, le zéphir caresse bien la branche
Et mon âme, vois-tu, vers ton âme se penche ;
D'ineffables bonheurs nos cœurs vont se pâmer
Car la nuit est sereine et conseille d'aimer !

Ce chant mélodieux et tendre me pénètre
Et je sens s'infiltrer quelque chose en mon être ;
Il fait bon ! Il fait doux ! Mon cœur s'est ranimé
Car toutes ces chansons nous proposent d'aimer !

Ah ! l'indicible paix qu en ce séjour on goûte !
Loin des soucis du monde et loin de l'affreux doute.
Un beau lis d'espérance en mon cœur va germer
Car la Nature rit et Dieu nous dit d'aimer.

Mai 1923.

DEVANT LE SACRÉ CŒUR

A M. Semezant Sabbat.

Courbé, Seigneur, devant votre Majesté Sainte,
Le cœur rempli d'amour, je vous prie avec foi ;
Daignez entendre encor les accents de ma voix
Mes sanglots, mon espoir, mes soupirs et ma plainte.

Je veux — pour conserver toujours toute l'empreinte
De votre grand amour, O Dieu béni trois fois —
Confiant, me soumettre à vos divines lois
Et les bien observer à jamais et sans crainte.

Je sais, vous êtes bon ; je sais l'immensité
De votre tendresse et de votre charité ;
C'est pourquoi, maintenant, O Dieu ! je vous supplie

De comprendre les cris de mon âme meurtrie.
C'est pourquoi, je répète humblement, à genoux :
« *Cœur Sacré de Jésus, j'ai confiance en vous* ».

Jacmel,
Chapelle de Meyer, 1918.

FEMME ET FLEUR

A mon très cher ami Thr. Désir.

Poète, tu m'as dit : « A la rose est mon âme,
Car son parfum est pur et son amour est vrai ;
Je ne puis plus donner mon amour à la femme
Aux charmes mensongers, aux perfides attraits.

Oui, tu m'as souvent dit que désormais la rose
Est ta seule compagne et toi son cher amant,
Et que pour soulager parfois ton cœur morose,
A ta peine il suffit de son parfum troublant.

Tu m'as dit qu'elle seule est sincère et fidèle,
Et quand souffle partout la bise du malheur,
Dans le parterre aimé tu vas t'asseoir près d'elle,
Et tu sens aussitôt se calmer ta douleur.

Mais souviens-toi toujours, ami, frère, poète,
Que la fleur et la femme ont leur propre faveur,
Et que si parfois l'âme est troublée, inquiète,
En la femme on retrouve aussi bien le bonheur.

En la femme, en la fleur, l'homme cherche un dictame
Lorsqu'au bout du chemin il se trouve meurtri ;
L'arome de la fleur endort, remonte l'âme,
Le cœur brisé, souvent, par la femme est guéri.

Juin 1919.

SOLITUDE

Dédié à mon cher ami Thr. Désir.

Minuit vient de sonner... Tout ici-bas sommeille !
A la fenêtre, seul, je contemple et je veille.
L'heure brêve s'enfuit et la nature dort
Cependant que le front blême, je rêve encor.

Je regarde là-haut scintiller les étoiles
Tandis que j'ai le cœur couvert d'un sombre voile ;
Et la brise qui vole et m'apporte un parfum
Me fait aussi penser à quelqu'ami défunt.

Et je vois mes désirs, mes rêves qui périssent
Et descendent, légers, au fond d'un précipice
Emportés par le vent d'un tourbillon très noir ;
Je sens aussi mourir un peu mon désespoir...

Et des amours perdus réveillent en mon être
Des souvenirs d'enfants que j'aime à reconnaître ;
Ils dressent devant moi d'ineffables tableaux
— Evocateurs de joie où glissent des sanglots —

Et cependant malgré les détresses de l'heure,
Bravement, devant tout ce qui longtemps m'écœure,
Je rends grâces au Ciel et plus ferme et plus fort
Je dis : « Inclinons-nous devant les lois du Sort.

L'homme qui sait lutter — défiant la tempête —
Pour qu'avec des lauriers il orne un jour sa tête,
Est celui qui demeure inébranlable et grand
Même si contre lui s'acharne l'ouragan !

Et c'est pourquoi tandis qu'ici-bas se reposent
Les arbres, la nature et les âmes, les choses,
Je regarde toujours les étoiles du ciel
En bénissant le nom sacré de l'Eternel ! ! !

APPEL DANS LA NUIT

A la source de ton amour
Viens ma Ninon que je m'abreuve ;
De caresses mon âme est veuve
Depuis le triste et fatal jour

Où nous avons — ma bien-aimée —
Fait nos derniers adieux. Ninon,
Depuis, mes douleurs sont sans nom
Et ma peine n'est point calmée...

J'ai soif de tes yeux, de tes doigts
Toi qui savais parler d'ivresse,
Toi dont la suave caresse
Me faisait délirer parfois.

Et je gémis, et je soupire,
En me voyant si loin de toi,
Loin de tes regards, de ta voix,
De tes baisers, de ton sourire.

. . . .

O ma Ninon, Ninon chérie,
Qui me promis d'être mon bien,
Oh ! souviens-toi, sois mon soutien
Pour rendre heureuse, un jour, ma vie !

3 août 1919.

SENSIBILITÉ

A mes chers amis Léon Beaulieu
et Didier Jarbath.

Je comprends ta douleur, je conçois l'affreux mal ;
Frère, tu ne peux pas vivre sans idéal
Et sans un noble but, sans une chère amie ;
Non, tu ne peux aimer une pareille vie.

N'avoir pas une voix tendre pour te parler
Et d'amour et d'orgueil ou pour te consoler
A tes heures de trouble et quand ton cœur naufrage,
Quand passe la tempête et que gronde l'orage.

Quand nous sommes enclins au plaisir bestial,
Quand hurle encore en nous la « *voix* » de l'animal,
Lorsque les passions serviles nous assaillent,
Dans les tentations quand nos âmes défaillent,

N'est-ce pas un bonheur d'avoir un être cher
Auquel on peut songer quand veut céder la chair ;
De savoir que cet être au gracieux visage
Peut affermir d'un seul regard notre courage.

Mais n'avoir pas ces bras, ces secourables mains
Qui guideraient nos pas dans les sombres chemins,
Et nous préserveraient de ces passions vaines
Qui dépravent notre âme et la rendent vilaine...
. . . .

Oh ! frère, je comprends ton émoi, ton grand mal ;
Oh non ! tu ne saurais vivre sans idéal !
Et si la vie hélas ! pour toi n'a pas de charmes,
Faut-il bien que souvent tu répandes des larmes...

Pourtant garde ta foi malgré tout, ne crains rien !
Après les jours mauvais, le jour de bonheur vient.
Garde en ton cœur toujours une vive espérance,
Car Dieu met une borne à toutes les souffrances !...

Juin 1918.

SOIR D'ORAGE

Pour J. M.

ELLE

Le ciel de mon amour est sombre,
Et chaque astre s'est effacé ;
Autour de moi tout croule et sombre
Je songe encore au beau-passé.

Je pense à tous ces jours de joie
Vécus avec mon « tendre bien » ;
Or, aujourd'hui je suis en proie
A l'incomparable chagrin !

Et voici que de mes paupières
Coulent de longs torrents de pleurs,
Ce sont des larmes bien amères
Et qui ravivent mes douleurs.

Dois-je souffrir longtemps encore,
Le cœur vide de tout amour ?
Cette lame qui me dévore
Qui pourra l'enlever un jour ?...

LUI

O mon amante, prends courage !
Les étoiles reparaîtront ;
Après de nombreux jours d'orage
Les beaux nuages reviendront.

Et moi ce soir aussi, je tremble
Devant cet immense malheur ;
Oh ! si nous pouvions être ensemble
Pour partager cette douleur !...

Oh ! si par un miracle étrange
Je te voyais à mes côtés ;
Tes deux bras à mon cou, cher ange,
Mes yeux sur tes yeux adorés.

A l'écroulement de ses rêves
Que c'est pénible d'assister !
Les chers espoirs meurent et crèvent,
Tout s'unit pour nous attrister.

ELLE

Ce soir, mon âme est angoissée,
Je sens mon sein se déchirer ;
Désolantes sont mes pensées,
Que je suis lasse de pleurer ;

Tu me dis de prendre courage,
Mais considère mon tourment ;
Autour de moi le vent fait rage
Et mugit effroyablement...

Toi, tu me parles d'espérance,
Combien tendre et chère est ta voix !
Mais prends pitié de ma souffrance,
Regarde ma pesante croix !

La tempête est épouvantable
Et mon esquif est bien léger ;
Dieu ! protecteur des misérables,
Eloigne de moi le danger !

Etends donc tes mains secourables
Pour épargner mon faible cœur ;
Contre les flots impitoyables,
Protège ton enfant, Seigneur !

La foudre du malheur qui tonne
Est capable de m'emporter ;
O Dieu qui prend, enlève et donne
Dieu Puissant daigne m'écouter.

LUI

O mon amante, sois plus forte,
Dieu préserve les innocents !
Sache que jamais rien n'emporte
Ni n'ébranle ses vrais enfants.

C'est le lâche seul qui redoute
La peine et qui craint de souffrir,
Le lâche au cœur rempli de doute
Et qui n'a soif que de plaisir.

Mon ange, crois en ma parole.
Mon cœur est aussi douloureux ;
Crois et ne crains rien, chère idole,
Nous sommes les enfants de Dieu !...

1922

AMOUR DÉFUNT

A celle qui n'a fait que passer.
Pour Clément Mathelier.

Ce n'est point l'arbre qui quitte la fleur ; c'est la fleur qui quitte l'arbre.

A. DUMAS (Comte de Monte-Christo).

Au ciel de ton amour un nouveau soleil luit
Plus beau que tes grands yeux, et vive est sa lumière ;
Plus brillant maintenant est ton cœur qu'il éclaire.
... Vers un autre horizon les nuages ont fui !

Ah ! je le savais bien, femme. Tout édifice
Qu'on bâtit sur le sable un jour doit s'effondrer !
Qu'il soit fait de granit et de fer entouré,
Un coup de vent suffit pour que l'œuvre périsse.

L'arbre, vois-tu, jamais n'abandonne la fleur.
Mais je sais que le Temps en déployant ses ailes
Emporte dans son vol les roses les plus belles
En laissant après Lui des regrets et des pleurs.

Or, l'arbre abandonné — privé de toute sève —
Déraciné, sans soin, rapidement périt ;
Mais mon cœur que tes mains cruelles ont flétri,
Après sa triste chute, ô femme, se relève !...

O fleur petite et frêle ! O toi que j'aimais tant,
Un vent pourra souffler demain dans ton parterre !
Prends garde que ton doux arome ne s'altère,
Souviens-toi que tout passe et que rien n'est constant.

Prends-garde ! Un jour viendra peut-être où ton soleil
Las d'épandre sur toi sa lumière durable,
Cherchant un horizon nouvel, infranchissable,
S'enfuira sans regret vers un ciel plus vermeil.

DANS LE PASSÉ

A celle qui est mariée.
Pour mon ami Louis Arnoux.

Elle était belle comme un ange !
Comme les étoiles des cieux,
Etincelaient ses petits yeux
Et son regard était étrange.

Sa voix harmonieuse et tendre
Faisait toujours vibrer mon cœur ;
J'en éprouvais un grand bonheur
Que d'autres ne pouvaient comprendre.

Dans ses beaux yeux je pouvais lire
Ce que son âme contenait,
Et souvent je m'extasiais
Devant son gracieux sourire.

Quelquefois dans mes mains tremblantes,
Je tenais sa petite main ;
Et son langage était divin
Et ses paroles consolantes.

Tous ces charmes inexprimables,
Enivrant sans cesse mon cœur,
Je sentais croître mon ardeur,
Dont la source est intarissable.

O jeune enfant qui me fus chère,
Voici que je n'ai plus tes yeux,
Et tes lèvres, et tes cheveux...
Ces biens étaient donc éphémères !...

Hélas ! ainsi que fuit un songe,
Tout ce bonheur s'est effacé ;
Pour souvenir rien n'est resté
Que l'âpre regret qui me ronge.

C'est ainsi que tout meurt et tombe,
Tout ce que l'on crut éternel,
Excepté les chagrins mortels
Qui ne nous laissent qu'à la tombe !...

LE BONHEUR

Pour mon grand ami Eugène Gervais.

On cherche vainement le bonheur en ce monde
Où l'on traîne ses pas ;
C'est un mot vide, un leurre... et cette paix profonde
Qu'on poursuit ici-bas,

Nul ne peut affirmer l'avoir déjà conquise ;
Il faut que le lutteur
Livre de durs assauts, que, sans cesse, il s'épuise
Pour vaincre la douleur.

Le Destin distribue à chacun sa souffrance,
Sa part d'adversité ;
Dites ! Comment trouver parmi de telles transes
Une félicité ?...

Comment peut-on jouir d'une joie éternelle
D'un repos assuré,
Avant d'avoir vécu des minutes cruelles
Avant d'avoir pleuré ?...

Car l'homme tant qu'il rêve un bonheur sur la terre,
Ne le rencontre pas ;
Il trouve au bout de tout l'obstacle ou la chimère
Jusqu'au jour du trépas !...

DANS LE BOIS

A mon bon ami Léon Beaulieu.

Lorsque le soir,
Tu vas t'asseoir,
Dans la prairie
Toujours fleurie,
N'entends-tu pas souvent
    Le vent
Te dire une parole
    Fort drôle ?

Lorsque, rêveur,
Tu caresses la fleur,
Et que la brise
    Te frise,

Frère, n'entends-tu pas,
    Tout bas,
Dans l'heure sainte,
    Une complainte ?

Lorsque dans les roseaux
Les beaux petits oiseaux,
Dont les accords enchantent,
Doucement, chantent,
Que disent leurs refrains
    Toujours sereins ?

Dans le bois endormi
    Ami,
Le vent, les oiseaux et la brise
Te disent :
Pour que le cœur soit fort et puisse tout dompter
Il faut savoir souffrir, il faut pouvoir lutter.

I

PETION-VILLE

C'est là que j'ai coulé de beaux jours avec elle,
C'est là que j'ai connu de suaves instants ;
Lorsque seuls, éperdus, troublés en même temps
L'ivresse sur nos fronts laissait tomber son aile.

Maintenant je ne puis la voir comme autrefois
Mais je garde en mon cœur sa ravissante image.
Et le jour et la nuit je revois son visage
Sans cesse souriant se dresser devant moi.

Maintenant qu'elle est loin, si loin, la chère enfant,
Comme elle doit verser toujours d'amères larmes
En pensant aux plaisirs exquis, à tous ces charmes
Goûtés ensemble loin du monde décevant...

Et rien n'existe plus, car le Sort aujourd'hui,
Ou méchant ou sinistre, a dispersé nos âmes ;
Mais je sais qu'elle brûle encor des mêmes flammes
Car l'astre de l'amour ne peut être détruit !

VIENS AVEC MOI

Pour M. A.

Viens ! Je t'emmènerai dans un coin enchanteur
Petite, où nous pourrons égayer notre cœur ;
Sous le bananier vert qui toujours se balance
Allons ! Nous parlerons d'amour et d'espérance.

Nous nous reposerons à l'ombre des grands bois,
Et les oiseaux seront tous jaloux de ta voix ;
Je te raconterai l'histoire de ma vie,
Mes heures de bonheur, mes instants d'agonie...

Et tu seras si tendre et je serai si doux
Que le zéphir aussi se montrera jaloux ;
Et nous pourrons jouir de l'arome qu'exhalent
Les tropicales fleurs aux merveilleux pétales.

Alors, je te dirai tout ce que j'ai souffert
Et tout ce que mon âme a connu de revers,
Lorsqu'aux jours de malheur le vent de la détresse
Soufflant avec ardeur, me désola sans cesse.

Petite, tu verras que je suis le lutteur,
L'homme qui croit en Dieu — seul et vrai protecteur —
Qui, devant la fureur de la vague terrible,
Ne recule jamais et demeure impassible.

Tu verras que je suis l'athlète plein de foi
Qui rentre dans l'arène immense, sans effroi ;
Celui qui sait tenir, combattre avec courage
Et qui ne tremble pas lorsque gronde l'orage.

Viens ! Je t'emmènerai dans un coin enchanteur
Enfant, où nous pourrons égayer notre cœur ;
Sous le bananier vert qui toujours se balance
Allons ! Nous parlerons d'amour et d'espérance !...

JOURS SOMBRES

Pour mon ami Charles Bayard.

J'éprouve quelquefois le farouche désir
De fuir ce monde vain où tout n'est que chimère,
Où la douleur nous tient dans sa cruelle serre,
Ce monde où le mensonge est appelé plaisir.

Comme d'autres pourtant, je voudrais bien partir,
D'un coup d'aile, laisser tous ces bruits de la terre,
Me coucher pour toujours dans quelque cimetière,
Parmi beaucoup de fleurs, désormais m'endormir.

Ah ! c'est triste de voir s'écrouler un beau rêve,
De sentir que malgré l'inexprimable effort,
Le mal impitoyable est toujours le plus fort :

Et, lentement, l'on sent tarir toute sa sève
Sans pouvoir, là, trouver un baume à sa douleur,
Sans rencontrer jamais l'astre qui luit sans peur.

SANS BLASPHÉMER

Puisque j'ai tant pleuré, puisque j'ai tant souffert
Puisque je me suis tû devant ce long supplice
Seigneur ! puisque j'ai su vider tout le calice
Que vous m'avez offert ;

Puisque mon jeune cœur — égaré sur la route —
Aux ronces du buisson s'est déchiré parfois,
Puisque perdant souvent et ma force et ma foi,
— Envahi par le doute —

J'ai vu tous mes espoirs et mes rêves sombrer,
Que ne puis-je, Destin, quitter ce monde infâme
Et monter jusqu'à vous pour endormir mon âme
Sur votre sein sacré !...

Mais je sais que vos lois sont justes, immuables,
Que votre volonté doit s'accomplir toujours ;
Je sais que de vous seul dépendent tous nos jours
O Père incomparable !...

Je sais que vous tenez les pouvoirs dans vos mains,
Et que seul vous pouvez les semer sur la terre ;
Et que si l'homme cherche à sonder le mystère,
Ces efforts seront vains !

Hélas ! pardonnez-moi si parfois je succombe,
Si je trouve ma croix trop pesante, mon Dieu !
Ne me condamnez pas si quelquefois je veux
Descendre dans la tombe.

Ne me condamnez pas ! écoutez mes sanglots.
Je sais que vous pouvez d'un seul geste répandre
De vos dons merveilleux et de vos grâces tendres
L'inépuisable flot !

Ne me condamnez pas ! Voyez ! ma peine est grande.
Considérez mon cœur broyé par les chagrins ;
Et sur mon âme lasse étendant vos deux mains,
Exaucez ma demande.

Vous savez ma faiblesse et ma fragilité ;
C'est pourquoi, me jetant à vos pieds — tendre Père —
Je dépose mes vœux et mon humble prière
Qui — tel un pur encens — vers vous doivent monter!..

LA TRAHISON

A mon ami Couthon Alexis.

C'était la veille de sa mort, le Jeudi Saint,
Jésus, prenant les Douze, alla dans le Cénacle,
Voulant faire la Pâque en ce grand habitacle ;
— Et les Juifs ruminaient leur criminel dessein —

Or, voici qu'au milieu de la sublime Cène,
Le Maître leur dit : « L'un de vous doit me trahir » !...
Bientôt on vit Judas, incontinent, sortir,
Mais les yeux lourds, troublés et le regard obscène !

Les disciples étaient visiblement émus.
Malheur à cette âme, reprit, calme, Jésus !
En trahissant le Fils de l'Homme, elle est damnée !

Il aurait mieux valu qu'elle ne fût pas née...
Puis le Maître sortit, sentant venir la nuit
Et se rendit au lieu nommé Gethsémani !...

LE RÉDEMPTEUR

A mon ami Fresnel Leroy.

Or, tandis que Jésus s'agenouillait — très pâle —
Au mont des Oliviers, les disciples naïfs
Dormaient indifférents ; et Lui, méditatif,
Attendit que sonnât l'heure combien fatale.

Voici que dans le bois descend la sombre nuit !
Judas le satané, le vil, l'infâme traître
Qui va, par un baiser, livrer son divin Maître,
Soudain arrive avec la troupe qu'il conduit.

Jésus, le regardant, dresse sa tête fière,
Et plus doux qu'un agneau se laisse capturer.
On n'entend même pas gémir son âme altière...

Sous les coups des bourreaux ce qu'il pense à sauver,
C'est notre humanité grouillante de malices ;
Son sang s'est répandu pour racheter nos vices !...

❦

FLEUR FAUCHÉE

(APRÈS L'ENTERREMENT DE MA SŒUR)

A Maurice Alfred.

Mère, notre douleur, tout le prouve, est sans bornes !
Hélas ! tant de revers viennent nous torturer !
Nos pauvres cœurs — broyés par les regrets — sont mornes
Et nos yeux sont flétris à force de pleurer.

C'est vrai, le Sort pour nous est bien impitoyable !
Sa faux vient d'enlever la délicate fleur
Que notre illusion nous fit croire durable ;
Dans notre âme est planté le dard de la douleur.

Mais il reste des fleurs encor dans le parterre.
Nous sommes avec toi, mère, sois ferme et crois !
Et si longue que soit cette route sévère
Oh ! nous allons t'aider à soulever ta croix !

Avec soumission, Mère, prends ce calice
Et bois le vin amer du deuil, en t'inclinant ;
Et souviens-toi toujours jusqu'au bout du supplice
Que le cœur doit souffrir pour rester noble et grand.

Regarde autour de toi : toutes les créatures
Ne doivent-elles pas peiner, prier, pleurer ?
Dieu cicatrisera tes cuisantes blessures
Pourvu qu'en sa bonté tu daignes espérer ?

FATALITÉ

Moi j'ai le sort de ceux qu'on voit sur cette terre
Traîner de tristes jours, vrais boulets de galère,
Jusques à leur tombeau...

Coriolan ARDOUIN.

Pour mon ami Marcel Antoine.

Je suis né pour pleurer, et penser et souffrir.
En vain je me dérobe à ce destin funeste.
Pauvre déshérité qui sans cesse proteste,
Je gémis d'un long mal qui ne veut pas guérir...

Pourtant, je me raidis pour ne point défaillir.
Je suis un condamné ; je le sens, tout l'atteste.
Mon cœur — arbre flétri privé de sève agreste —
Ne chante point au vent trop libre du plaisir.

Personne n'a sondé le fond de mon martyre,
Et les lugubres sons qui partent de ma lyre
N'ont pas encore ému tous les cœurs endurcis.

La mort seule peut mettre un terme à mes soucis...
Un désespoir farouche envahit tout mon être,
Quand même, je bénis le jour qui m'a vu naître...

RÉSIGNATION

Pour mon jeune ami Charles Bayard.

J'ai connu tous les maux qui vous ont torturé,
Les profondes douleurs qui vous ont brisé l'âme ;
Les lendemains cruels d'un abandon de femme !
Comme vous j'ai souffert, comme vous j'ai pleuré...

Comme vous j'ai senti la détresse m'étreindre,
Et ses serres, hélas ! ont déchiré mon sein ;
Pourtant j'ai su dompter la Peine et le Chagrin
En luttant bravement et sans jamais me plaindre.

J'ai connu ces espoirs et ces rêves brisés,
Vos indignations de victime innocente,
Et toutes ces douleurs anciennes ou récentes
Ont affligé mon cœur et l'ont martyrisé ! ! !

Et tout ce qui descend dans l'âme et la pénètre
D'amertume écœurante, infernale liqueur,
De tristesse indicible envahissant le cœur,
Frère, je l'ai senti s'infiltrer en mon être.

J'ai connu vos tourments, et votre noble faim
De Vérité, d'Amour, hélas ! je l'ai subie,
Naufragé misérable en proie à la lubie
Du Sort qui vous repousse et maltraite sans fin.

Ami, chacun de nous a son lot de misères...
Insensés sont tous ceux qui ne comprennent pas
Et qui s'en vont joyeux, ignorant qu'ici-bas
Le bonheur, les plaisirs sont des biens éphémères...

Que votre âme soit fière, o frère toujours sûr !
Fière avant le combat, fière après la victoire...
Votre front recevra la couronne de gloire
Et l'Astre brillera dans votre ciel obscur !

VERS LE PROGRÈS

A mes contemporains de la
« Nouvelle Bluette » (1).

Mes frères, unissons nos naissantes pensées,
Accordons nos élans, ainsi nous serons forts !
Elevons nos cœurs fiers en un commun effort,
Chantons l' « In excelcis » des âmes affaissées.

Elles furent pourtant cruellement froissées ;
Nous vécûmes longtemps privés de réconfort.
Incompris, mais conscients, marchant au gré du Sort !
Nos blessures, hélas ! nul ne les a pansées !...

1. « Nouvelle Bluette », journal hebdomadaire fondé à Jacmel en 1918.

Mais nous voulons sortir de notre défaillance.
Croyons en l'avenir ! Un soleil d'espérance
Eclaire enfin nos cœurs affermis désormais.

Nous qui disons: Montons! nous,les cœurs magnanimes,
Tonifions les fiers désirs qui nous animent
Et confiants et forts, marchons vers le progrès .

L'INCONNUE

A mon ami G. Nicolas.

Elle avait une bouche appelant les baisers,
Des doigts légers, petits, doigts faits pour les caresses;
Elle avait un regard qui, plongeant dans l'ivresse,
Exprimait des désirs jamais inapaisés.

Elle avait de grands yeux qui captivaient les âmes ;
Et ses beaux cheveux noirs exhalaient une odeur
Voluptueuse, exquise, envirant tous les cœurs,
Et qui mettait dans l'être entier de douces flammes...

J'oubliais ! Elle avait un sourire divin ;
Elle était rayonnante, on aurait dit un ange,
Tant sa nature était absolument étrange.
Ces grâces cependant, ces charmes étaient vains...

Oui, malgré ses attraits, son visage charmant,
Oui, malgré sa beauté, sa démarche imposante,
Malgré ses doux regards et ses yeux captivants
On n'osait trop l'aimer : elle était... *ignorante* !...

LA MORT D'UN ENFANT

Dédié à Faine Levy.

La mère inconsolable est près du lit assise.
L'unique enfant est mort ; la maison est en deuil.
Encore une heure hélas ! et, pesant, le cercueil
Dans le corbillard blanc, partira pour l'Eglise.

Le père, lui, debout a l'air d'être plus fort.
Ses yeux sont attachés sur le petit cadavre,
Et, malgré la détresse immense qui le navre,
Il dit qu'ici-bas tout a pour terme : la mort.

L'instant suprême approche et la mère pâlit.
Pour réclamer l'appui qu'elle sent nécessaire,
Elle s'incline et fait une courte prière
En baisant, par deux fois, son rosaire bénit.

Comme elle tremble ! En vain, on veut la consoler.
Chacun lui dit : Courage ! Une voix lui rappelle
Que l'amour de la Vierge, au ciel, est éternelle ;
Elle répond toujours : « Mon fils va me quitter ».

Voici venir le prêtre et ses aides. Le père
S'efforce de cacher ses larmes, maintenant.
Il ne peut, il éclate et ses gémissements
En accablant son cœur, laissent voir sa misère.

C'est fini ! Désormais plus rien dans la maison...
On a beau sangloter, la Mort est impassible.
Et l'époux et l'épouse aux souffrances horribles
Ensemble ont récité la dernière oraison.

Décembre 1921.

A CEUX QUI COMBATTENT

Dédiés à MM. Chs. Moravia et C. Mayard.

I

Valeureux défenseurs d'une race martyre,
Lutteurs, la Nation entière vous admire.
Quelle mâle bravoure et quel ardent effort !
Vous ne redoutez rien, rien, pas même la mort...

Le Maître vous torture et pense à vous proscrire ;
On vous entend toujours crânement le maudire ;
Et si dure que soit la griffe qui vous mord
Votre front est plus fier et votre cœur plus fort.

Que votre exemple soit suivi par la jeunesse !
Que le patriotisme en toute âme renaisse !
Que partout l'on entende un seul cri : « Liberté » !

Demain quand le clairon sonnera la victoire,
Vous serez mis au rang des héros de la gloire
Et vos noms passeront à la postérité !...

II

Les bourreaux ont juré de vous faire périr ;
Dans leur rage ils ont dit : « Augmentons leurs supplices ».
Puisque, nous, nous avons de fidèles complices,
Un à un, lentement, nous les ferons mourir.

Ils ont tout inventé dans leurs noires malices
Pour vous persécuter et pour vous asservir.
Ce sont vos droits sacrés qu'ils veulent vous ravir
Par leur ignominie et par leurs injustices.

Tyrans ! Malheur à vous, à tous vos descendants !
Vous répondrez un jour de tous ces innocents
Que vous tenez toujours sous vos griffes infâmes ;

Et voués à jamais à l'exécration
Vous serez maudits, vous, et vos fils et vos femmes
De génération en génération.

III

Dans un rêve j'ai vu défiler des héros
Au port majestueux, aux figures hautaines ;
Les deux bras attachés par de solides chaînes,
Graves, ils s'en allaient conduits par des bourreaux.

Des femmes, à genoux, nerveuses, criaient : Grâce !
Quel crime ont-ils commis pour mériter ce sort ?
Pourquoi conduisez-vous, lâchement, à la mort
Ces valeureux lutteurs, défenseurs d'une race.

Or, voici que soudain, — telle une forte armée —
Des hommes, des enfants venus de toutes parts
Accouraient pour former d'infrangibles remparts
Et calmer les sanglots de la foule animée.

Tous, bouillonnant d'ardeur, pleins de mâle fierté,
Ensemble brandissant d'étincelantes armes,
Enlevaient ces martyrs au milieu des vacarmes
En délire et criant : « Vive la Liberté » !...

CONSEILS

A mon cher ami A. G.

Lorsque souffle le vent des passions infâmes,
N'écoute pas la « voix » du serpent infernal ;
Va te réfugier — pour t'éloigner du mal
Dans les bras de ton Dieu qui sauvera ton âme.

Quand la tentation de tous côtés t'assaille,
Ne prends pas le chemin qui mène au déshonneur ;
Et choisis pour amis les hommes les meilleurs ;
Car le mal est puissant et fait que l'on défaille.

Si ton frère égaré se traîne dans la fange,
S'il ne se souvient plus du bien, du vrai, de l'art,
Dis-lui que de sa vie il rendra tôt ou tard,
Compte à Celui qui voit dans le lutteur un ange.

Dis-lui que la victoire est encore possible
S'il veut se conformer aux lois du Dieu Sauveur ;
Que pour celui qui sait prier avec ferveur
Le faîte de la gloire est toujours accessible.

Si dans l'ardent combat ta jeune âme se trouble,
Montre-toi plus stoïque et lutte avec fierté !
Par l'ennemi, jamais ne te laisse dompter,
Et de force, arme-toi si de rage il redouble.

Garde ton front serein malgré la rude tâche,
Malgré les noirs chagrins qui pourront t'envahir ;
Et si tu veux savoir comment il faut souffrir,
Jeune homme, sur la Croix, que ton regard s'attache.

Par elle, tu sauras mépriser la souffrance,
Tu pourras réprimer tes dangereux désirs ;
Et, foulant à tes pieds le monde et ses plaisirs
Résister vaillamment à la désespérance.

FLEUR D'AMOUR

Dédiée à L. J.

Mon cœur est un jardin où des roses fleurissent.
Je vais cueillir pour toi la fleur de mon amour.
Suave est son parfum et vierge son calice ;
Elle sera pour toi le plus beau des atours.

Tu la conserveras en un coin de ton âme
Pour qu'un vent violent n'arrive à la flétrir ;
Aux heures de tristesse où ton cœur sait souffrir,
Elle sera pour toi le meilleur des dictames.

Pour toi, je vais cueillir la délicate fleur.
Garde-la ; qu'elle soit à l'abri des orages.
Par son inaltérable et discrète senteur
Elle sera pour toi le plus tendre des gages.

INDIFFÉRENCE

Au grand poète Léon Louhis.

Je suis indifférent à la foule qui passe,
Au vent qui tourbillonne et gronde dans l'espace,
Au bruit de la cascade, aux plaintes du ruisseau
Comme au gazouillement gracieux de l'oiseau.

Je suis indifférent aux vagues qui menacent,
Aux arbres imposants que les autans fracassent ;
Je les entends gémir avec d'étranges mots,
Et demeure insensible à leurs tristes sanglots.

Je suis indifférent même aux baisers des femmes,
A leurs rires câlins et tout ce qu'ils réclament ;
A leurs amours, à leur tendresse ou leurs rancœurs...

Car moi, j'ai dans mon cœur ainsi qu'au fond de l'âme
Un glaive torturant dont la cruelle lame
Chaque jour, davantage augmente mes douleurs !...

DÉSOLATION

Dédiée à Me G. B. A.

Mon être est envahi par l'affreuse chimère,
Je voudrais me plonger dans la nuit du tombeau !
L'espérance a fait place à la tristesse amère.
Et je défaille, hélas ! sous le rude fardeau.

Infidèle enfant, vois ! Mon cœur est en lambeaux !
Ma barque va sombrer ; je n'ai plus de lumière.
N'entends-tu pas l'orage ? Etoile salutaire
Viens me montrer la route et guider mon vaisseau...

Un vent désolateur souffle autour de mon âme.
Viens ! Si douce est ta voix, si tendres sont tes mains
Que tu dissiperas tous mes profonds chagrins...

En vain je te supplie, en vain je te réclame,
Tu ris — indifférente — et ton rire est moqueur,
Et tu t'en vas, laissant le glaive dans mon cœur.

AU PARTERRE

Dédiée à L. Boisvert.

Au parterre, demain « les roses vont éclore » ;
Et quand la nuit viendra de son ombre couvrir
La terre, tous les cœurs qui s'aiment ou s'adorent
Qui cherchent le bonheur, viendront s'y réjouir.

Au parterre, demain, les rosiers vont fleurir ;
Les cœurs épris de renouveau seront en fête.
Ravis de tout l'exquis parfum des violettes,
Les couples — pour s'aimer — y pourront accourir.

Au parterre, demain, les roses vont mourir ;
Et leur troublant parfum qui captive et qui grise
S'envolera bien loin — emporté par la brise —
Et les amants déçus viendront s'y désunir...

❧

LES LUTTEURS

Dédiée à Thoby Vieux
L'infatigable défenseur de la cause nationale.

Les lutteurs sont debout et fermes dans l'arène,
Ils combattent sans cesse, ils combattent toujours ;
Et malgré la fureur, la rage des vautours,
La victoire, pour eux, est encore certaine.

Ils sont forts, ils sont fiers et leur âme est hautaine.
On ne les entend pas réclamer du secours ;
Pas de plaintes, nul cri, nuls gémissements sourds ;
Ils jurent aux bourreaux une implacable haine.

Les braves, ils ont foi ; Triompher ou mourir :
Voilà pour eux le but, la devise suprême.
D'une voix formidable ils lancent l'anathème

Aux ennemis puissants qui les font tant souffrir,
Pour qu'aux siècles futurs l'autre jeunesse sache
Avec quelle ardeur noble ils ont rempli la tâche.

FOI

Pour MM. Félix Diambois et Georges Honorat.

La tempête fait rage et les vents déchaînés,
En soulevant les flots, menacent le navire.
Les nombreux passagers inquiets, consternés,
Tremblent, en regardant le gouvernail qui vire.

Le pilote qu'au fond une crainte déchire
Apaise avec orgueil les marins étonnés.
Il faut sauver l'esquif, dit-il, et le conduire
Aux rivages certains qui lui sont destinés.

Ainsi, vous qui voguez sur cette mer profonde,
Battus incessamment par les brises du monde,
Ne craignez pas la vague ébranlant le vaisseau.

Car le pilote fier que rien ne décourage,
Formant de ses marins un solide faisceau,
A juré de sauver l'esquif du grand naufrage !

Février 1926.

LE JASMIN

A mon bon ami Lycurgue Loubeau.

Dans mon petit parterre,
J'irai chaque matin,
Pour toi — mon enfant chère —
Cueillir un frais jasmin.

Son arome divin
Et subtil doit te plaire,
Et je sais que ton sein
Sous ta robe légère,

Frémira de bonheur.
Voici Mai qui rayonne !
Pour réjouir ton cœur,

Chaque matin, mignonne,
Pour toi je cueillerai
Le frais jasmin rêvé.

Mai 1926.

COMMENT ON FAIT UN SONNET

Pour Marcel Elie.

Tu désires savoir comment faire un sonnet ?
Je vais essayer de te livrer le secret.
Je te dirai d'abord qu'un sonnet se compose
De quatorze beaux vers qu'avec ordre on dispose.

Quatorze vers dont deux quatrains et deux tercets.
Deux quatrains, quatre sons semblables tout à fait ;
Voilà qui paraît drôle et cependant la chose
Est si simple parfois qu'on croit écrire en prose.

Pour les six autres vers, il faut les arranger
En ordre, avec méthode et ne rien négliger
Afin de n'avoir pas des rimes pèle-mèle...

Tu peux bien aborder le travail crânement,
En déployant beaucoup d'efforts assurément...
Mais devant toi je place à l'instant un modèle.

SOUVENIRS ET IMPRESSIONS

A mon confrère et grand ami Thr. Désir.

Trois Février ! Mon âme a rencontré votre âme ;
Pour mes maux, j'ai trouvé votre apaisant dictame
Pour avoir seulement connu l'ancien figuier
Où souvent votre cœur s'était extasié
Quand le zéphir passait et remuait les feuilles :
C'est l'heure sainte où le poète se recueille,
Où rêveur, contemplant les merveilles des Cieux
Emu, grave, il bénit les noms de tous les dieux.
C'est là que vous alliez, dites-vous, solitaire,
Admirer la nature et sonder son mystère ;

Vous goûtiez de ces lieux tranquilles, pleins d'attraits,
L'énivrante fraîcheur et la suprême paix...
Mais sous les bananiers aux feuilles reluisantes,
Quand le soleil se lève et que les oiseaux chantent,
Lorsque vous écoutez le cantique des pins,
Qui vous met en délire... et quand leurs longs refrains
Se mêlent tout à coup à celui de la brise
Qui porte sur son aile un parfum qui vous grise,
O frère, dites-moi, éprouvez-vous souvent
Quelque chose de pur, d'infiniment troublant ?...
Maintenant, quand la nuit, au loin, l'angélus sonne
Lorsque tout ce qui vit sur la terre frissonne,
Lorsqu'au fond des grands bois les joyeux ortolans
Captivent votre cœur par leurs gazouillements,
Quand vous vous reposez au bord de la rivière
Qui semble murmurer une étrange prière,
Ravi de la splendeur sans mesure du ciel
Prononcez-vous alors le nom de l'Eternel,
Bénissez-vous Celui dont l'œuvre est si parfaite ?
Ne sentez-vous donc pas, ô mon frère, ô poète
Quelque chose de doux qui vous fait tressaillir ?
Ne sentez vous donc pas, autour de vous jaillir
Quelque flot sacré qui, subtilement, pénètre
Jusqu'au fond de votre âme et fait vibrer votre être ?...
O poète, ô mon frère !... Aujourd'hui si mes chants
Ne sont plus gémissants, si mes accords touchants
Peuvent vous plaire enfin, c'est grâce à votre lyre,
A vos mots qui m'ont fait oublier mon martyre !

Car si mon jeune cœur est désormais heureux :
C'est qu'ayant combattu, je suis victorieux.
Aussi vous redirai-je en cet anniversaire :
Soyons toujours unis et constants et sincères ;
O frère, soyez donc mon assidu Mentor,
Qu'aidé par vos conseils je demeure très fort.
Guidez mes pas le long des routes ténébreuses
De cette vie. Hélas ! ces routes sont affreuses
Et je ne veux glisser ; tenez ferme mes mains.
Quand nous aurons saigné par les sombres chemins,
Quand nous aurons bien vu de monstrueuses choses,
Oh ! seulement alors nous irons vers les roses,
Par tous les clairs sentiers où, fiers, nous tresserons
Ce qu'il faut pour nimber nos héroïques fronts ! ! !

AUTRES CONSEILS

A mon ami Hubert Montas.

Ami, si quelquefois ton jeune cœur chancelle,
Si des nuages noirs et tristes s'amoncellent
Au dôme de ton ciel, surmonte la douleur
Et n'abandonne pas la route de l'honneur.

Si tu veux que ton front reçoive la couronne,
L'auréole qui nimbe et que Dieu même donne,
Prends ta Croix bravement — tel le Divin Soldat —
Sans murmurer jamais gravis ton Golgotha.

Sois le lutteur ardent, valeureux, invincible,
L'homme au regard serein et dont l'âme inflexible
Regarde le malheur sans broncher, sans frémir
Car la gloire est promise à l'athlète, au martyr...

Sois le Samaritain dont parle l'Evangile
Qui secoure son frère et lui donne un asile ;
Et Dieu qui marque et voit nos moindres actions
Epanchera sur toi ses bénédictions.

Au pauvre qui gémit et qui frappe à ta porte,
Donne vite le pain qui sauve et réconforte ;
Ne lui refuse pas l'aumône, il a des droits
Aux festins somptueux préparés pour les Rois.

Soulage l'innocent que le méchant opprime ;
Prends pitié des douleurs de la faible victime ;
Dis-lui de ne jamais maudire ses bourreaux,
Que le Juge suprême entend tous ses sanglots.

Ne laisse pas tomber dans l'abîme ton frère.
Soutiens-le ; montre-lui l'étoile salutaire
Et ranime sa foi dès qu'il voudra quitter
La route du devoir et de la vérité...

Le démon du séjour infernal nous assiège ;
Hélas ! de tous côtés, il tend l'infâme piège.
Prends garde, car cet être aux appels séducteurs
Se cache sous un masque attrayant et trompeur.

Prends garde ! car l'esprit tentateur et farouche
D'un venin empoisonne et corrompt ceux qu'il touche;
Fuis le lâche imposteur et ne l'écoute pas
Car pour perdre ton âme il a de faux appas.

Prends garde ! Sous tes pas il ouvre un précipice
Pour que le fier désir de ton cœur y périsse ;
Il a tous les secrets de l'amer désespoir
Et peut t'anéantir au sein du gouffre noir.

Prends garde que ton pied trop débile ne glisse ;
Prends garde que ta fleur d'amour ne se flétrisse,
Car de son doux parfum il ne subsistera
Qu'un vague souvenir que le Temps chassera.

Que la Croix du Seigneur te serve de boussole ;
C'est elle qui guérit, fortifie et console.
Que toujours ton regard soit sur elle attaché
Pour qu'à jamais ton cœur soit exempt le péché.

L'INDIFFÉRENTE

Mlle G. D.
A mon ami Justin Leconte.

Si tu voulais m aimer, enfant brune et jolie,
Tu serais mon idole adorée et chérie,
Et je te dresserais en mon âme un autel
Où brûlerait toujours un encens éternel.

Je me prosternerais, chaque matin — sincère —
Pour réciter tout bas ma fervente prière ;
Ton nom serait gravé sur le marbre sacré
De cet autel secret simplement décoré.

Et puis j'apporterais de magnifiques roses,
Des jasmins, des lilas, des fleurs fraîches écloses ;
Aux pieds de ma Madone, à genoux, chaque jour,
J'égrènerais alors un chapelet d'amour.

Mais non ! tu ne veux pas m'aimer, petite brune,
Tu dis que mon aveu répété t'importune ;
Et tu me laisses seul, seul avec mon désir
Quand tu connais le mal dont je ne puis guérir.

Pourquoi donc me fermer les portes de ton âme ?
Pourquoi me dédaigner ? Ne vois-tu pas la lame
Que tu plonges ainsi, cruelle, dans mon sein ?
Pour me panser, où donc trouverai-je une main ?...

Tu vois saigner mon cœur avec indifférence
Et toi seule es l'objet de sa noire souffrance ;
Tu feins de ne pas voir mes longs et tristes pleurs
Et tu passes, me regardant d'un air moqueur...

Et tu ne comprends pas, enfant au cœur de pierre,
Tout ce que ton refus engendre de chimère,
Ton cœur impitoyable et sans compassion
N'écoute même pas ma supplication...

Et tandis que demain, enfant brune et jolie,
Tu seras par un autre adorée et chérie,
Le poète aux désirs toujours inapaisés
Pleurera sur son luth ses beaux rêves brisés...

Septembre 1921.

SAIS-TU POURQUOI ?

A Mlle G. D.

Sais-tu pourquoi je t'aime, ô brune mulâtresse ?
Ce n'est pas pour tes yeux tendres et ravissants,
Ni pour ton doux regard et ta superbe tresse ;
Mon ange, ce n'est pas pour ces attraits puissants !

Oui, certes je les veux aussi, petite brune !
Ils sont le cher objet de mon affection...
Car ton âme et la mienne aujourd'hui n'en font qu'une...
Et chaque jour augmente, en moi, la passion !

8

Or, petite, il me faut faire l'aveu quand même,
Je ne saurais tenir le secret plus longtemps ;
Donc écoute pourquoi je t'idolâtre tant :
Enfant, ce n'est pas pour tes charmes énivrants,
Non, si je t'aime ainsi, c'est parce que tu m'aimes.

SI TU VEUX

Dédiée à mon cher ami Th. Désir.

Si tu veux, nous irons là-bas, sous les palmiers
Qui, comme des géants, dressent leurs fronts altiers ;
Nous irons écouter les rires de la brise
Et respirer des fleurs le doux parfum qui grise !

Nous irons contempler les décors enchanteurs
De la nature, au loin, près des manguiers en fleurs ;
Là, je te confierai mes soucis et ma peine
Ce qui cause ma joie ou provoque ma haine.

Toi, la candide enfant au regard virginal,
Toi dont l'âme naïve ignore encor le mal,
Viens sur mon cœur, viens dans mes bras que je te presse;
Viens donner à moi seul tes premières tendresses !

Vois ! déjà je te dresse un magnifique autel
Car l'idole, c'est toi que me donne le Ciel ;
C'est toi l'ange divin, source de l'espérance,
O toi qui me fais vivre, apaises ma souffrance...

J'ai déposé mon cœur — vase rempli d'amour —
Sur cet autel orné de roses chaque jour ;
Il contient un encens au doux et pur arome
Qui brûle incessamment et pour toi seule embaume !

Nous irons, si tu veux, là-bas, sous les palmiers
Qui comme des géants dressent leurs fronts altiers ;
Nous irons écouter passer la fraîche brise
Et respirer des fleurs le doux parfum qui grise !...

LE MOIS DE MAI S'EN VA !...

Dédiée à Richard Salnave.

Le mois aimé des fleurs, le mois de Mai s'achève,
Emportant mes désirs, mes desseins et mon rêve...
A qui les porte-t-il ? Où donc et vers quels cieux ?...
Est-ce au Dispensateur des bienfaits précieux ?

Je ne sais... Mes espoirs comme des bulles crèvent !
Comme le mois de Mai qui décline et s'achève,
Mon âme aussi défaille à cette heure, et je sens
Que dans un effroyable abîme elle descend...

Nulle étoile, nul astre en mon ciel ne se lève,
Le mois de Mai s'en va, le mois de Mai s'achève
Et me laisse plongé dans la détresse, seul...
Et je suis comme un mort dans son triste linceul...

Le Destin me poursuit, Oh ! le Destin, sans trêve !
Avec le mois de Mai qui lentement s'achève,
Au jardin de mon cœur les fleurs ont disparu,
Les lis de mon amour, hélas ! n'embaument plus...

Mon être est traversé d'un exécrable glaive.
La Douleur a sur moi jeté son manteau noir ;
L'oiseau n'entonne plus ses doux refrains du soir
Puisque le mois dés fleurs, le mois de Mai s'achève...

Mai 1923.

DÉSILLUSION

*Dédiée à mon vaillant confrère
et ami Charles Bayard.*

Depuis que la rancœur a germé dans mon âme,
Et que je ne crois plus à tous les faux bonheurs,
Aux serments, aux baisers mensongers et trompeurs,
Je déteste le Monde et je maudis la femme !

Car j'appris à jouir d'un trop lascif plaisir
Dans les bras de cet être infidèle et perfide ;
Mon cœur ardent et jeune était alors avide
Des folles voluptés qu'enfante le Désir.

Or, lorsque je vidai la coupe un peu trop pleine,
La coupe présentée en un geste félin,
Quand je tombai vaincu sous son baiser câlin,
J'ignorais tout le mal que causerait sa haine !

Mais, après avoir bu l'enivrante liqueur
Qui me mit en délire et me troubla le cœur,
Je fus dès lors en proie à l'horrible détresse
Et je sentis en moi descendre la tristesse !...

C'est pourquoi, désormais, je demeure insensible
Aux rires comme aux pleurs de la femme inflexible...
Car toujours je pense à la flagellation
Que mon cœur endura !... Ce supplice terrible
Augmente chaque jour ma désillusion !!!

AD PULCHRUM

A tous mes confrères de
« Junia » (1).

Quand d'un commun accord vous m'avez demandé
De donner mon concours à *Junia-Revue,*
Sans hésitation j'ai dû vous l'accorder
En me disant : Il faut que Jeunesse évolue !

Nous sommes les vaillants athlètes, les soldats
Que rien ne décourage et que rien ne fatigue ;
Domptant les passions qui contre nous se liguent,
Que le fleuve du Mal toujours promènera.

1. Discours prononcé au banquet offert à l'occasion de l'anniversaire de la Revue « Junia ».

Oui, voilà douze mois ! Nous luttons dans l'arène
Avec le même zèle et la même ferveur ;
Nos jeunes cœurs liés par une même chaîne,
Des fauves irrités n'ont pas encor pris peur.

Et pas un seul instant — dans cette ardente lutte —
Nos pieds n'ont chancelé... car redoublant d'ardeur
Nous avons résisté malgré les vents grondeurs
Et n'avons pas connu la honte de la chute.

En méprisant la Foule ingrate et ses sarcasmes,
Nous poursuivons, tous fiers encor, notre chemin ;
Les yeux pleins d'idéal, de pur enthousiasme ;
Confiants, nous pensons aux libres lendemains.

Et notre Esquif, voguant sur l'océan du Monde,
Ne craint point les écueils et les vents violents ;
Il brave avec orgueil les houles de cette onde
Car les marins sont là, fermes et vigilants !

Ah ! les indifférents nous nargueront sans doute !
— Pessimistes outrés par le mal envahis —
Sans voir que nous semons quand même sur la route
Du Devoir, le bon grain qui produira des fruits.

Qu'importe leur mépris, qu'importe leur insulte
A nous qui ne savons ni trembler, ni fléchir !
A nous qui travaillons et qui vouons un culte
A nos braves aïeux, ces illustres martyrs.

Hallucination ! Rêve ! Chimère ! Audace !
Nous diront quelques-uns. Qu'importe ! Les lutteurs
Triomphants sont des dieux qui prendront un jour place
Au festin solennel offert aux grands vainqueurs.

La tâche, j'en conviens, est difficile, ardue
Car partout l'on élève un trône au Déshonneur !
Le mérite est banni, la vertu méconnue
Et l'on nous dit partout que le pays se meurt...

Mais nous, les houspillés qui voulons croire encore,
Et qui voulons marcher cependant, le front haut ;
Nous les déshérités que le glaive dévore
Et qui ne poussons pas un soupir, un sanglot,

Nous crierons aux enfants de la honte : « Anathème !
Nous ne courberons point nos têtes devant vous.
Il faut qu'une autre aurore apparaisse quand même :
Celle des jours meilleurs que nous attendons tous.

Unissant nos efforts puissants et nos idées,
Nous pourrons endurer sans crainte nos revers ;
Nos âmes, par l'espoir et par la foi guidées,
Pourront vaincre toujours les obstacles divers.

Et, demain, satisfaits et fiers de nos conquêtes,
Ceux qui nous ont compris, qui nous ont vu lutter,
Tressant de beaux lauriers mettront sur notre tête
La couronne de gloire et d'immortalité ! ! !

Mai 1925.

SONNETS

Dédiée à mon ami Ludovic M. Lacombe.

I

L'AMOUR QUI SOUFFRE.

Je souffre de l'avoir lâchement délaissée,
D'avoir trahi l'Amour et la Fidélité ;
Son âme, je le sais, est encore angoissée
Et gémit de ce coup que mes mains ont porté.

Pourtant, pas un sanglot, une larme versée ;
Ses grands yeux ont gardé leur éclat, leur beauté ;
Et malgré les chagrins dont elle est affaissée
Son front n'a pas perdu de sa sérénité.

Pas un reproche amer, une parole dure
Pour ce lâche abandon, cette brusque rupture ;
Elle sourit sans cesse et pense me charmer

Malgré tout le souci cuisant qui la dévore !
Ah ! je devine enfant : tu me chéris encore
Car tu penses toujours qu'autrefois je t'aimai.

21 mars 1925.

II

L'AMOUR QUI TUE

Elle m'a dit : Mon âme « est vide d'espérance »
Car je sens le chagrin chaque jour m'envahir :
Pas un seul mot de toi pour apaiser ma transe,
Mon cœur soupire en vain... Je suis seule à gémir.

Oh ! quand donc auras-tu pitié de ma souffrance ?
Quand mon bonheur enfui pourra-t-il revenir ?
Mon cœur a conservé sa première innocence ;
Je suis lasse d'attendre et je voudrais guérir !

Ah ! tu ne réponds pas, ami ; tu me dédaignes ;
Sais-tu que ton mépris m'est un atroce heurt ?...
Je ne sanglote pas, je ne verse aucun pleur,

Mais tu n'ignores point que mes blessures saignent,
Que mon constant calvaire est pénible à gravir
Et que sans te reprendre, hélas ! Je puis mourir !

22 mars 1925.

III

L'amour qui console.

Enfant, console-toi ! Je comprends bien ta peine ;
Ton cœur est envahi par le sinistre Ennui ;
Sans cesse tu gémis et le jour et la nuit,
Et tu veux que l'amour de jadis te revienne.

Tu dis que le bonheur loin de toi s'est enfui,
Que tu vas succomber, car lourdes sont tes chaînes ;
Mais que ton cœur pourtant ignore encor la haine
Tout prêt à pardonner si je reviens à lui...

Ah ! j'aime ta bonté, tes désirs, ton courage ;
Car bien qu'autour de toi gronde un affreux orage
Tu portes sur ton front une mâle fierté !

Enfant, pardonne-moi ! Crois ! Veille ! Prie ! Espère !
Forte sois-tu toujours et puisse ta chimère
Faire place demain à la Réalité !...

23 mars 1925.

IV

L'AMOUR QUI PARDONNE.

Je lui dis : Donne-moi ton indulgence entière,
Donne-moi ton pardon pour qu'en paix soit mon cœur ;
Me regardant avec des yeux pleins de douceur,
Elle répond tout bas : J'exauce ta prière...

Alors, prenant ma main dans sa main douce et chère,
Elle m'a murmuré des mots consolateurs...
Elle a gardé sa foi malgré tant de douleurs...
Et j'ai baisé ses doigts dans un geste sincère !

Comment pourrais-je, un jour, oublier ces instants,
Cette heure où tes grands yeux qu'argentaient quelques larmes
Electrisaient mon cœur douloureux par leurs charmes ?

Merci de ce pardon que j'espérais longtemps !
Merci d'avoir absous mon âme repentante,
O ma sœur, toi qui fus la perle des amantes !...

24 mars 1925.

V

L'AMOUR QUI MEURT.

Maintenant c'est fini ! sans désir et sans rêve,
Moi le barde fervent au bonheur en allé,
Moi que le Sort poursuit et tourmente sans trêve,
Je porte ailleurs mes pas, sous un ciel désolé !

Puisque l'amour ardent en mon être s'achève,
J'erre tout seul — le cœur de soucis accablé —
Je fuis bien loin de peur que quelque nouvelle Eve,
Par ses charmes ne vienne encor m'ensorceler !

Que l'Astre de l'espoir scintille ou s'assombrisse,
Que l'orage et les vents des passions mugissent,
Je marche — indifférent — sans pleurer, sans gémir.

Je veux être à jamais le fort et le stoïque
Et conserver toujours — comme seule relique —
De mon amour ancien l'éternel souvenir.

25 mars 1925.

LE POÈTE, LA MUSE ET LA FEMME

Dédié à mon grand ami et distingué
poète Dominique Hyppolite.

LE POÈTE

Mais où donc est ma sœur ? Où donc est mon amante ?
Je n'entends pas,ce soir,sa voix tendre et charmante ?..

LA MUSE

Poète, me voici. Tu viens de m'appeler.
Sans doute, cette nuit, ton cœur est désolé...

Tu souffres, tu gémis et ta voix tremble encore !
Si tu dois sangloter ainsi jusqu'à l'aurore,
Que deviendront tes yeux, tes yeux doux et rêveurs
Dont les regards si purs réjouissent les cœurs ?...

LE POÈTE

Je ne te dirai pas, o Muse, ma souffrance ;
Car je veux la subir sans me plaindre, en silence.
Et si ce soir encor j'appelle tant ma sœur
C'est pour qu'elle m'assiste et calme ma douleur.
Tu sais bien me charmer par les chants de ta lyre,
Tu chasses la tristesse et tes accents inspirent,
Mais tu n'es pas la sœur qu'étreindraient mes deux bras
Cette sœur est bien loin et souffre aussi, là-bas.

LA MUSE

Poète, que dis-tu ? Poète, tu m'étonnes !
Je pensais que j'étais seule ta sœur mignonne ;
Je pensais que ton âme était à moi toujours,
Que tu m'avais donné ta vie et tes amours ;

Que j'étais ton amante adorée, ô poète !
Qui seule, aux sombres jours où passe la tempête
Te protège contre les vents impétueux
Et sèche chaque pleur qui coule de tes yeux.

UNE VOIX DE FEMME, *au loin...*

O Ciel, quand finira ma cruelle agonie !
Que ne puis-je, à l'instant voir l'idole chérie !
La presser tendrement, joyeuse, sur mon cœur,
Et dans un long baiser la combler de bonheur,
Qu'il est pénible hélas ! le sentier de la vie !
Sentier semé de pleurs, où toujours l'on supplie ;
Quel est le cœur vraiment en paix, vraiment heureux
Qui n'a jamais du Sort subi le joug affreux ?...

LA MUSE

Poète, entends-tu donc une voix qui soupire !
C'est un cœur malheureux qui souffre le martyre.
Vois-tu comme la brise apporte chaque mot ?
Que je voudrais savoir ses douleurs et ses maux ?...

Ecoute, cher ami, cette voix si plaintive,
C'est une amante en proie à des tortures vives.
Ah ! poète, chacun a sa peine ici-bas .
Tu murmurais naguère et tu ne savais pas
Que là, tout près de toi languit une pauvre âme
Qui vainement désire un consolant dictame.

LE POÈTE, *pleurant.*

Muse, c'est bien la voix de mon ange adoré.
Son cœur comme le mien est blessé, meurtri, morne ;
Sa détresse est horrible, exécrable et sans borne,
La sœur que j'appelais, pour qui j'ai tant pleuré !...

LA FEMME

O tendre et chaste amant !... O poète fidèle !
Si tu voyais le cœur bien-aimé de ta belle !
Ce soir, l'orage gronde et ton idole a peur ;
Où sont tes chants divins qui chassent la douleur ?
Qu'est devenue, hélas ! ta lyre harmonieuse ?
Ses accords rendent-ils ton âme plus heureuse ?

Le zéphir vient-il donc caresser tes cheveux ?
Sont-ils toujours flétris tes adorables yeux ?...
Pour moi, mon ciel est noir ; je ne vois plus l'étoile,
Et mon être est couvert d'un funéraire voile,
Et malgré mes sanglots, mes prières, mes cris
Nulle âme n'a pitié de mes affreux soucis.
L'Ennui seul est mon maître et l'Ange des ténèbres
Près de moi chante, hélas ! des cantiques funèbres !
Ces refrains désolants me font déraisonner ;
J'entends au fond de moi leur écho résonner !
Je tremble, où donc es-tu ? Car je crains le naufrage...
Le vent de la détresse autour de moi fait rage
Et, redoublant d'effort souffle violemment !
Viens enfin me sauver du danger, cher amant !...

LA MUSE

Ami, prête l'oreille ! Oh ! la voix de ton ange
Devient plus triste encor ! Par quel revers étrange
Est-elle torturée ? Et quels sont les chagrins
Qui la déchirent tant ? Ah ! poète, je crains !...
Peut-être l'ouragan, en quête de victime,
Veut l'entraîner au fond de quelque noir abîme ?...
Et la pauvre, qui sait ? est seule, sans soutien !...
Oh ! si voyant son mal, de charitables mains

Pouvaient l'en écarter et lui montrer la voie
Qui pourrait la conduire à son ancienne joie ?
Vraiment je crains, poète !... Oh ! dis-moi, mon ami
La peine qui la ronge et la désole ainsi.

LE POÈTE

O Muse, écoute bien, puisque tu veux connaître
L'angoissante douleur qui dévore son être.
Nous étions deux enfants encore, lorsqu'un jour
Dans un livre sacré, le livre de l'Amour ,
Nous vîmes que pour être heureux en cette vie
Les cœurs devaient s'unir... Depuis je l'ai chérie,
Cette enfant, l'appelant mon trésor, mon seul bien !
Et je liai son cœur par des chaînes au mien...
Depuis, malgré les jours amers et la détresse,
L'amour vivait en nous et nous suivait sans cesse !
Nous goûtâmes souvent d'agréables moments
Malgré les désaccords qu'engendrent les tourments.
Or, un jour, le Destin — ce Maître inexorable —
Jeta soudain en nous un trouble abominable...
Il fallut pour longtemps encor se séparer !
Après bien des baisers, après avoir pleuré,
Nous nous dîmes adieu, l'âme bouleversée...
Ce soir, je la laissai, rêveuse, inconsolée

Et partis le front blême. O Muse ! je ne puis
Te dire exactement quelle effroyable nuit
Je passai ! Je sentis un sinistre et dur glaive
Qui me traversait l'être... et l'essain de mes rêves
Aussitôt s'envola !... Je vis depuis ce soir
Scintiller en mon ciel l'astre du désespoir !...

ADIEUX A MES SŒURS

Pour Serge France.

Muses, c'en est bien fait, je dépose ma lyre
Et pour des temps meilleurs je cesse de chanter.
Recevez les adieux d'un cœur désenchanté
Qui saigne chaque jour et garde son martyre.

Mes sœurs, je ne suis pas un déserteur infâme ;
Je ne recule pas devant ma mission.
Mais les temps sont mauvais... la Désillusion
D'une écharpe funèbre enveloppe mon âme.

Sur « l'écran » de la vie un drame se déroule ;
Et nous, les spectateurs orgueilleux, au cœur droit,
Nous avons les yeux lourds et nous tremblons d'effroi
Tandis qu'autour de nous, lentement, tout s'écroule !!!

IMPRESSIONS

Pour mon nouvel ami Howard Dias.

J'aime votre pays et votre courtoisie,
J'en garderai toujours un souvenir profond ;
Acceptez en retour mon humble poésie
Comme un gage réel de mon affection.

Vos sites enchanteurs ont captivé mon âme ;
J'aimerais vivre là, sous les bois, près de l'eau.
Loin de la vanité des foules, de la femme,
J'aurais pour me charmer et la fleur et l'oiseau.

J'admire le décor de ces belles montagnes,
Quand se déroule au loin, leur tableau merveilleux ;
L'éclat et la splendeur de vos riches campagnes
Enivrent tout mon cœur et ravissent mes yeux.

Et lorsque je serai dans ma terre natale,
Entouré de parents et de très bons amis,
Je redirai combien la vie est idéale
Et facile à couler en votre doux pays.

Me souvenant alors de ces heures bénies,
De ce séjour trop bref fait de moments heureux
Passés en votre exquise et noble compagnie,
Je sentirai des pleurs, des pleurs mouiller mes yeux !...

Kingston, Jamaïque, 1926.

JOIE ET REGRET

Pour mon cher ami Albert Brown.

En quittant mon pays, je n'avais pas pleuré,
Lorsque j'abandonnais mes habitudes chères ;
Mon foyer, mes parents et mes amis sincères,
Vague était mon regret d'en être séparé.

Je n'avais pas pleuré lorsque j'étais à bord ;
Loin de tous les profonds tumultes de la ville.
Je me sentais un peu plus fort et plus tranquille
Tandis que le navire allait quitter le port.

Je n'avais pas pleuré durant la traversée,
En voyant le « Heinz Horn » tanguer sur les grands flots ;
Je ne me sentais pas l'âme bouleversée
Par de tristes soupirs ou par de longs sanglots.

Je n'avais pas pleuré quand la bise cinglante
Et les vents combinés mordaient toute ma chair ;
Ne voyant dans la nuit que le ciel et la mer,
J'écoutais du steamer la strideur énervante...

Je n'avais pas pleuré quand la vague terrible
Secouait le bateau ; sur mon lit, étendu,
Je priais le Dieu bon et, sûr d'être entendu,
Je bénissais son nom et restais impassible.

Mais lorsqu'il me faudra, dans quelques mois encore,
Abandonner Kingston, la cité que j'adore,
Mon cœur, j'en suis certain, sera triste et navré ;
Alors, abondamment, on me verra pleurer.

Kingston, Jamaïque
Janvier 1927.

INDIGNATION

Pour le grand poète J. B. Léon Vieux.

Une affreuse torpeur envahit les esprits.
Le Pays consterné, plongé dans la misère
Pousse en vain des sanglots, de lamentables cris
Sous le fouet cinglant du Maître sanguinaire.

De tous côtés l'abîme effrayant est ouvert
Pour engloutir ceux-là qu'emporte le vertige ;
Le Mal triomphateur, dominant l'Univers,
A fait sombrer partout l'honneur et le prestige.

Les plus faibles hélas ! qui perdirent la foi
Succombent tour à tour dans la lutte inégale ;
Ils se courbent — vaincus — devant l'inique loi :
On ne peut résister à la force brutale.

On ne peut résister ! Quelle aberration !...
Est-ce un ignoble sang qui coule dans nos veines ?
Est-ce que l'idéal de toute Nation
Ne réside plutôt qu'en des paroles vaines ?

Mais qu'avons-nous donc fait du passé glorieux,
De notre indépendance au prix du sang conquise ?
Où sont les dignes fils de nos vaillants aïeux ?
Pour nous sauver, où donc est le nouveau Moïse ?

Nos pères, ces héros, défenseurs de leurs droits
Ont-ils laissé des fils ou des troupeaux d'esclaves ?
Rêvons-nous d'opérer de sublimes exploits
Pour briser tous nos jougs et toutes nos entraves ?

Pour défendre aujourd'hui ce droit si méprisé
Pouvons-nous imiter leur glorieux exemple ?,
Où sont les vrais lutteurs ? N'avons-nous pas brisé
Les solides piliers du gigantesque Temple ?...

De ces nobles martyrs — indignes rejetons —
Nous avons dissipé tout le noble héritage ;
Oubliant leurs vertus, déshonorant leurs noms,
Nous n'avons maintenant que la honte en partage.

En un jour, nous avons cyniquement vendu
Ce que seule une lutte ardente a su produire ;
Et s'il faut que l'honneur soit à jamais perdu,
Où donc est l'Ouvrier qui peut tout reconstruire ?...

Nous ne voyons partout que traîtres, détracteurs...
Méconnaissant le Droit, banissant la Justice ;
De l'autel du Devoir — infâmes déserteurs —
Ils vont, avec au front, les stigmates du vice.

Désormais recélant des monstres dangereux
L'Humanité n'est plus qu'un odieux repaire..
Ah ! vraiment il faudrait un déluge de feux
Pour bien purifier la face de la Terre.

LE CARNAVAL

Pour mon ami Marc Desgraves.

J'ai vu passer la bande inconsciente et vile
Etalant des laideurs qu'on appelait beauté ;
Et je rougis de voir la grimace inutile
Que le lâche oppresseur appelle liberté.

Quel peuple sans orgueil, quelle race servile
Indigne de pitié, m'écriai-je, irrité !...
Quoi ! l'honneur n'est-il plus qu'une chose futile
Pour qu'on le substitue à l'impudicité ?

Quel bras peut nous tirer de l'égoût où nous sommes ?
On regarde, on attend, on espère toujours ;
Est-ce d'en haut, d'en bas que viendra le secours ?

En vain autour de moi je cherche de grands hommes
Je ne vois qu'un troupeau méprisable, éhonté
De gens entrés vivant dans l'immoralité !...

12 février 1928.

TABLE DES MATIÈRES

8171. — Imp. Jouve et Cie, 15, rue Racine, Paris. — 8-28

www.ingramcontent.com/pod-product-compliance
Lightning Source LLC
LaVergne TN
LVHW020315230826
846091LV00003B/684

* 9 7 8 2 3 2 9 1 9 5 6 7 4 *